우물 속 달, 파아란 바람

우물 속 달, 파아란 바람

윤동주

향기시집

더북

송이송이 별들의 영혼이 내려

우리 한국에서 향기시집을 내자고 처음 제안한 사람이 나이고 또 향기시집을 처음 낸 사람이 나입니다.

처음 향기시집을 내고자 생각했을 때 더불어 내고 싶은 시집이 윤동주 시인과 김소월 시인의 시집이었지요.

얼핏 김소월 시인의 향기시집은 '진달래꽃' 향이 들어간 시집이었으면 좋겠다는 생각이 떠오릅니다.

그러나 윤동주 시인의 향기시집은 좀 다릅니다.

아침의 향기, 샘물의 향기, 밤하늘 별빛의 향기. 도무지 하나로 종잡기가 어렵군요.

윤동주 시인의 시 가운데 꽃 이름은 없을까?

아, 있습니다. 민들레꽃입니다. 시인의 시 작품 「새로운 길」에 민들레꽃이 나옵니다.

그렇다면 윤동주 시인의 향기는 민들레꽃의 향기가

좋겠습니다.

샛노란 민들레꽃의 향기. 그 향기가 윤동주 시인의 시를 읽었을 때처럼 사람의 가슴을 맑게 해주고 뜨겁게 해주고 먼 나라를 그리워하게 해주었으면 좋겠습니다.

민들레꽃은 세상의 땅 어디나 뿌리내려 자라는 흔한 꽃이지만 예쁜 꽃이고 강인한 꽃입니다.

어쩌면 민들레꽃은 한 송이 한 송이가 하늘나라의 별들이 땅으로 내려와 꽃이 된 별들의 영혼들인지도 모릅니다.

그렇습니다. 윤동주 시집에서 나는 민들레 꽃향기를 맡으며 차고 맑고 아름답고 서럽기조차 한 윤동주 시인의 시심을 더불어 맛보았으면 좋겠습니다.

나태주, 시인

향기를 만드는 마음을 모아

사랑이 뭔지, 알 것 같은 순간들이 있다. 단지 그 사람의 냄새이기 때문에 그 냄새가 좋아진다든지, 그 사람이 썼기 때문에 그 편지가 특별히 귀하고, 그 사람이 있었던 곳이기 때문에 그 공간을 한없이 그리워하는 일. 사랑은 닫혀 있던 감각을 일깨우며, 미운 것을 어여삐 보게 하고, 없던 능력이 생기게 한다.

윤동주 시집의 추천사를 쓰는 영광을 누리며, 나에게 윤동주 시인의 추억이 이렇게나 많다니 하고 놀랐다.

어느 날 학교에 갔을 때, 아이들이 「서시」를 외우고 있었다. 누구나 시 한 수 정도는 읊을 줄 알아야 하는 거라며 "죽는 날까지 하늘을 우러러 한 점 부끄럼이 없기를"하고 외워질 때까지 반복했다. 윤동주, 그는 처음

으로 내가 외운 시였다. '서시'라는, 그 모르겠는 단어의
강렬함!

대학 입시를 위해 무감하게 시를 분석하다가, 순전히
'시'가 궁금해서 샀던 책도 윤동주 시집이었다. "시가
이렇게 재밌는 것이었다니?" 신나서 읽던 그 밤이 생생
하다. 「귀뚜라미와 나와」「산울림」처럼 어떤 시는 너무
귀여워서 읽고 읽고 또 읽고 싶다는 것도 그때 알게 되
었다.

신인으로 처음 낭독회를 한 날도 나는 윤동주와 함께
였다. 영화 〈동주〉의 개봉과 맞물렸기 때문인데, 배우
강하늘의 근사한 낭독으로 듣는 윤동주의 시는 정말, 어
마어마하게 좋았다.

윤동주가 미울 때도 있었다. 요즘의 현대시에 불만인
독자는 항상 '윤동주'를 기준으로 비교한다. 그의 시가
너무나 클래식하면서도 트렌디하기 때문이다. 「또 다른
고향」은 근래 문학계에서 가장 활발히 다루고 있는 '다
중 우주'의 세계관까지 느껴진다. 윤동주, 그는 도대체...

그의 시가 좋아서 한국 근현대사를 공부하다가 민족
의 비극을 절감하며 눈물 흘렸고,

"윤동주 시 중에 무슨 시를 가장 좋아해요?"

한국인은 언제나 이 질문을 받을 수 있다는 걸 알게

되었기 때문에, 그 대답을 잘하고 싶어서 그의 전집을 자꾸 읽는다.

외국인 중에 윤동주의 팬이 있기에 모자란 어학 실력으로 번역을 시도한다.

앞으로 또 어떤 추억이 생길지 기대가 된다. 팬들의 사랑으로 윤동주의 시는 계속 새로워질 것이다. 향기시집『우물 속 달, 파아란 바람』은 '조향'이라는 예술로 윤동주를 만난다. 시인의 인품에 영감을 받은 향. 이 아름다운 작업을 상상하는 것만으로 코끝에 기분 좋은 바람이 스치우는 것 같다. 이제 그를 추억할 감각이 하나 더 추가되었다. 윤동주를 그리는 사람들에게 이보다 멋진 선물이 또 있을까.

김은지, 시인

푸른 별이 된 시인의 시심을 담아

윤동주 시인의 시집을 위한 향을 만들었던 것은 조향사
로서 정말 의미 있고 영광스러운 작업이었습니다. 윤동
주 시인은 많은 사람에게 사랑과 존경을 받는 대표적인
시인이기에 시인의 시집을 위한 조향 작업이 더욱 뜻깊
었습니다.

　'하늘', '바람', '별' 등 윤동주 시인의 시 작품들에 많이
담긴 주요 소재들을 대하며 그에 맞는 향을 떠올려 만들
고자 했습니다. 먼저 시인의 따스하면서도 서늘한 시심
과 그의 우직한 성품에서 투박한 우드 향이 떠올라 우드
계열로 조향했습니다. 우드 향을 베이스로 하고, 시인의
대표적인 작품「서시」,「별 헤는 밤」,「자화상」,「새로운
길」에서 시각적이고 감성적인 요소를 각각 담아내어 향
을 더해갔습니다.

「서시」중 '오늘 밤에도 별이 바람에 스치운다'라는 부분에서 별과 바람에 영감을 받아 밝게 반짝이는 별과 한밤중의 시원한 바람을 사이프러스 향과 머틀(지중해 연안의 허브) 향으로 표현했습니다. 「자화상」의 '바람이 불고 가을이 있고 추억처럼 사나이가 있습니다'라는 시구에서 가을이 주는 산산하고도 투박한 느낌을 샌달우드 향과 삼나무 향으로 담아보았습니다. 「별 헤는 밤」에서 '별 하나의 추억, 사랑, 쓸쓸함, 동경, 시'등의 시어에 담긴 어둡고 무거운 분위기를 표현하고자 앰버, 화이트머스, 브라질자단목의 향을 조향하였습니다. 「새로운 길」중 '민들레가 피고 까치가 날고/ 아가씨가 지나고 바람이 일고/ 나의 길은 언제나 새로운 길 / 오늘도⋯ 내일도⋯' 표현이 강렬한 의지를 담고 있는 듯하여 민들레 향도 더하였습니다.

이렇게 의미를 더하여 향을 만드니 결국 남은 건 윤동주 시인의 시심이었습니다. 따스하면서 사늘하고, 우직하고도 청명한 푸르른 청춘이었던 시인의 마음을 담은 향이 독자 분들에게 닿아서, 시인이 남긴 아름답고 곧은 작품들로 이끌기를 바랍니다.

서지운, 조향사

차례

별을 헤아리는

마음으로

자화상自畵像

산모퉁이를 돌아 논가 외딴 우물을 홀로 찾아가선 가만히 들여다봅니다.

우물 속에는 달이 밝고 구름이 흐르고 하늘이 펼치고 파아란 바람이 불고 가을이 있습니다.

그리고 한 사나이가 있습니다.
어쩐지 그 사나이가 미워져 돌아갑니다.

돌아가다 생각하니 그 사나이가 가엾어집니다. 도로 가 들여다보니 사나이는 그대로 있습니다.

다시 그 사나이가 미워져 돌아갑니다.
돌아가다 생각하니 그 사나이가 그리워집니다.

우물 속에는 달이 밝고 구름이 흐르고 하늘이 펼치고
파아란 바람이 불고 가을이 있고 추억追憶처럼 사나이가
있습니다.

소년少年

　여기저기서 단풍잎 같은 슬픈 가을이 뚝뚝 떨어진다.
단풍잎 떨어져 나온 자리마다 봄을 마련해 놓고 나뭇가
지 위에 하늘이 펼쳐 있다. 가만히 하늘을 들여다보려면
눈썹에 파란 물감이 든다. 두 손으로 따뜻한 볼을 쓸어
보면 손바닥에도 파란 물감이 묻어난다. 다시 손바닥을
들여다본다. 손금에는 맑은 강물이 흐르고, 맑은 강물이
흐르고, 강물 속에는 사랑처럼 슬픈 얼굴―아름다운
순이의 얼굴이 어린다. 소년은 황홀히 눈을 감아 본다.
그래도 맑은 강물은 흘러 사랑처럼 슬픈 얼굴―아름다
운 순이順伊의 얼굴은 어린다.

길

잃어버렸습니다.
무얼 어디다 잃었는지 몰라
두 손이 주머니를 더듬어
길게 나아갑니다.

돌과 돌과 돌이 끝없이 연달아
길은 돌담을 끼고 갑니다.

담은 쇠문을 굳게 닫아
길 위에 긴 그림자를 드리우고

길은 아침에서 저녁으로
저녁에서 아침으로 통했습니다.

돌담을 더듬어 눈물 짓다

쳐다보면 하늘은 부끄럽게 푸릅니다.

풀 한 포기 없는 이 길을 걷는 것은
담 저쪽에 내가 남아 있는 까닭이고

내가 사는 것은, 다만,
잃은 것을 찾는 까닭입니다.

별 헤는 밤

계절이 지나가는 하늘에는
가을로 가득 차 있습니다.

나는 아무 걱정도 없이
가을 속의 별들을 다 헤일 듯합니다.

가슴속에 하나 둘 새겨지는 별을
이제 다 못 헤는 것은
쉬이 아침이 오는 까닭이오,
내일 밤이 남은 까닭이오,
아직 나의 청춘이 다하지 않은 까닭입니다.

별 하나에 추억과
별 하나에 사랑과
별 하나에 쓸쓸함과

별 하나에 동경과
별 하나에 시와
별 하나에 어머니, 어머니,

어머님, 나는 별 하나에 아름다운 말 한마디씩 불러봅
니다. 소학교 때 책상을 같이 했던 아이들의 이름과 패,
경, 옥 이런 이국소녀들의 이름과, 벌써 애기 어머니 된
계집애들의 이름과, 가난한 이웃사람들의 이름과, 비둘
기, 강아지, 토끼, 노새, 노루, "프랑시스·잠" "라이너·마
리아·릴케" 이런 시인의 이름을 불러봅니다.

이네들은 너무나 멀리 있습니다.
별이 아스라이 멀듯이.

어머님,

그리고 당신은 멀리 북간도에 계십니다.

나는 무엇인지 그리워
이 많은 별빛이 나린 언덕 위에
내 이름자를 써 보고
흙으로 덮어 버리었습니다

따는 밤을 새워 우는 벌레는
부끄러운 이름을 슬퍼하는 까닭입니다.

그러나 겨울이 지나고 나의 별에도 봄이 오면
무덤 위에 파란 잔디가 피어나듯이
내 이름자 묻힌 언덕 위에도
자랑처럼 풀이 무성할 게외다.

흰 그림자

황혼이 짙어지는 길모금에서
하루 종일 시들은 귀를 가만히 기울이면
땅거미 옮겨지는 발자취 소리,

발자취 소리를 들을 수 있도록
나는 총명했던가요.

이제 어리석게도 모든 것을 깨달은 다음
오래 마음 깊은 속에
괴로워하던 수많은 나를
하나, 둘 제 고장으로 돌려보내면
거리 모퉁이 어둠 속으로
소리 없이 사라지는 흰 그림자,

흰 그림자들

연연히 사랑하던 흰 그림자들,

내 모든 것을 돌려보낸 뒤
허전히 뒷골목을 돌아
황혼처럼 물드는 내 방으로 돌아오면

신념信念이 깊은 의젓한 양羊처럼
하루 종일 시름없이 풀포기나 뜯자.

사랑스런 추억追憶

봄이 오던 아침, 서울 어느 쪼그만 정거장에서 희망과 사랑처럼 기차를 기다려,

나는 플랫폼에 간신한 그림자를 떨어뜨리고, 담배를 피웠다.

내 그림자는 담배 연기 그림자를 날리고,
비둘기 한 떼가 부끄러울 것도 없이
나래 속을 속, 속, 햇빛에 비춰, 날았다.

기차는 아무 새로운 소식도 없이
나를 멀리 실어다 주어,

봄은 다 가고―동경 교외敎外 어느 조용한 하숙방에서, 옛 거리에 남은 나를 희망과 사랑처럼 그리워한다.

오늘도 기차는 몇 번이나 무의미하게 지나가고,

오늘도 나는 누구를 기다려 정거장 가차운 언덕에서
서성거릴게다.

—아아 젊음은 오래 거기 남아 있거라.

쉽게 씌어진 시詩

창밖에 밤비가 속살거려
육첩방六疊房은 남의 나라,

시인이란 슬픈 천명天命인줄 알면서도
한 줄 시를 적어 볼까,

땀내와 사랑내 포근히 품긴
보내 주신 학비 봉투를 받아

대학 노―트를 끼고
늙은 교수의 강의 들으러 간다.

생각해 보면 어릴 때 동무들
하나, 둘, 죄다 잃어버리고

나는 무얼 바라
나는 다만, 홀로 침전하는 것일까?

인생은 살기 어렵다는데
시가 이렇게 쉽게 씌어지는 것은
부끄러운 일이다.

육첩방은 남의 나라
창밖에 밤비가 속살거리는데,

등불을 밝혀 어둠을 조금 내몰고,
시대처럼 올 아침을 기다리는 최후의 나,

나는 나에게 적은 손을 내밀어
눈물과 위안으로 잡는 최초의 악수.

서시序詩

죽는 날까지 하늘을 우러러
한 점 부끄럼이 없기를,
잎새에 이는 바람에도
나는 괴로워했다.
별을 노래하는 마음으로
모든 죽어가는 것을 사랑해야지
그리고 나한테 주어진 길을
걸어가야겠다.

오늘 밤에도 별이 바람에 스치운다.

참회록懺悔錄

파란 녹이 낀 구리거울 속에
내 얼굴이 남아 있는 것은
어느 왕조의 유물이기에
이다지도 욕될까.

나는 나의 참회의 글을 한 줄에 줄이자
— 만 이십사 년 일 개월을
　무슨 기쁨을 바라 살아왔든가

내일이나 모레나 그 어느 즐거운 날에
나는 또 한 줄의 참회록을 써야 한다.
— 그때 그 젊은 나이에
　왜 그런 부끄런 고백을 했던가

밤이면 밤마다 나의 거울을

손바닥으로 발바닥으로 닦아 보자.

그러면 어느 운석隕石 밑으로 홀로 걸어가는
슬픈 사람의 뒷모양이
거울 속에 나타나 온다.

이적異蹟

발에 터부한 것을 다 빼어 버리고
황혼이 호수 위로 걸어오듯이
나도 사뿐사뿐 걸어 보리이까?

내사 이 호수가로
부르는 이 없이
불리워 온 것은
참말 이적異蹟이외다.

오늘따라
연정戀情, 자홀自惚, 시기猜忌, 이것들이
자꾸 금메달처럼 만져지는 구려

하나, 내 모든 것을 여념 없이
물결에 씻어 보내려니
당신은 호면湖面으로 나를 불러내소서.

명상瞑想

가즐가즐한 머리칼은 오막살이 처마 끝,
휘파람에 콧마루가 서운한 양 간질키오.

들창 같은 눈은 가볍게 닫혀,
이 밤에 연정戀情은 어둠처럼 골골히 스며드오.

산림山林

시계가 자근자근 가슴을 때려
불안한 마음을 산림이 부른다.

천년 오랜 연륜에 짜들은 유암幽暗한 산림이
고달픈 한몸을 포옹할 인연을 가졌나 보다.

산림의 검은 파동 위로부터
어둠은 어린 가슴을 짓밟고
이파리를 흔드는 저녁바람이
쏴— 공포에 떨게 한다.

멀리 첫여름의 개구리 재질댐에
흘러간 마을의 과거는 아질타.

나무 틈으로 반짝이는 별만이

새날의 희망으로 나를 이끈다.

공상空想

공상—

내 마음의 탑

나는 말없이 이 탑을 쌓고 있다.

명예와 허영의 천공天空에다

무너질 줄 모르고

한 층 두 층 높이 쌓는다.

무한한 나의 공상—

그것은 내 마음의 바다,

나는 두 팔을 펼쳐서

나의 바다에서

자유로이 헤엄친다.

황금 지욕知慾의 수평선을 향하여.

야행

정각! 마음에 아픈 데 있어 고약을 붙이고
시들은 다리를 끄을고 떠나는 행장.
— 기적이 들리잖게 운다.
사랑스런 여인이 타박타박 땅을 굴려 쫓기에
하도 무서워 상가교를 기어 넘다.
— 이제로부터 등산철도
이윽고 사색의 포플러 터널로 들어간다.
시라는 것을 반추하다. 마땅히 반추하여야 한다.
— 저녁연기가 노을로 된 이후
휘파람 부는 햇귀뚜라미의
노래는 마디마디 끊어져
그믐달처럼 호젓하게 슬프다.
늬는 노래 배울 어머니도 아버지도 없나 보다.
— 늬는 다리 가는 쬐그만 보헤미안,
내사 보리밭 동리에 어머니도

누나도 있다.

그네는 노래 부를 줄 몰라

오늘밤도 그윽한 한숨으로 보내리니 —

가로수

가로수, 단촐한 그늘 밑에
구두술 같은 혓바닥으로
무심히 구두술을 핥는 시름.

때는 오정. 사이렌,
어디로 갈 것이냐?

ㅁ시 그늘은 맴돌고.
따라 사나이도 맴돌고.

아른아른

흐르는 물결로

눈 오는 지도地圖

순이順伊가 떠난다는 아침에 말 못할 마음으로 함박눈이 나려, 슬픈 것처럼 창밖에 아득히 깔린 지도 위에 덮인다.

방안을 돌아다 보아야 아무도 없다. 벽과 천정이 하얗다. 방 안에까지 눈이 나리는 것일까, 정말 너는 잃어버린 역사처럼 홀홀이 가는 것이냐. 떠나기 전에 일러둘 말이 있든 것을 편지를 써서도 네가 가는 곳을 몰라 어느 거리, 어느 마을, 어느 지붕 밑, 너는 내 마음속에만 남아 있는 것이냐, 네 쪼고만 발자욱을 눈이 자꾸 나려 덮여 따라갈 수도 없다. 눈이 녹으면 남은 발자욱 자리마다 꽃이 피리니 꽃 사이로 발자욱을 찾어 나서면 일년 열두 달 하냥 내 마음에는 눈이 나리리라.

새로운 길

내를 건너서 숲으로
고개를 넘어서 마을로

어제도 가고 오늘도 갈
나의 길 새로운 길

민들레가 피고 까치가 날고
아가씨가 지나고 바람이 일고

나의 길은 언제나 새로운 길
오늘도…… 내일도……

내를 건너서 숲으로
고개를 넘어서 마을로

바람이 불어

바람이 어디로부터 불어와
어디로 불려가는 것일까,

바람이 부는데
내 괴로움에는 이유가 없다.

내 괴로움에는 이유가 없을까,

단 한 여자를 사랑한 일도 없다.
시대時代를 슬퍼한 일도 없다.

바람이 자꾸 부는데
내 발이 반석 위에 섰다.

강물이 자꾸 흐르는데
내 발이 언덕 위에 섰다.

봄

봄이 혈관 속에 시내처럼 흘러
돌, 돌, 시내 가차운 언덕에
개나리, 진달래, 노오란 배추꽃,

삼동三冬을 참아온 나는
풀포기처럼 피어난다.

즐거운 종달새야
어느 이랑에서나 즐거움게 솟쳐라.

푸르른 하늘은
아른아른 높기도 한데……

산골 물

괴로운 사람아 괴로운 사람아
옷자락 물결 속에서도
가슴속 깊이 돌돌 샘물이 흘러
이 밤을 더불어 말할 이 없도다.
거리의 소음과 노래 부를 수 없도다.
그신 듯이 냇가에 앉았으니
사랑과 일을 거리에 맡기고
가만히 가만히
바다로 가자,
바다로 가자.

달같이

연륜年輪이 자라듯이
달이 자라는 고요한 밤에
달같이 외로운 사랑이
가슴 하나 뻐근히
연륜처럼 피어 나간다.

창窓

쉬는 시간마다
나는 창녘으로 갑니다.

— 창은 산 가르침.

이글이글 불을 피워주소,
이 방에 찬 것이 서럽니다.

단풍잎 하나
맴도나 보니
아마도 자그마한 선풍旋風이 인 게외다.

그래도 싸느란 유리창에
햇살이 쨍쨍한 무렵,
상학종上學鐘이 울어만 싶습니다.

바다

실어다 뿌리는
바람조차 씨원타.

솔나무 가지마다 새춤히
고개를 돌리어 뻐들어지고,

밀치고
밀치운다.

이랑을 넘는 물결은
폭포처럼 피어오른다.

해변에 아이들이 모인다
찰찰 손을 씻고 구보로.

바다는 자꾸 섧어진다.
갈매기의 노래에……

돌아다 보고 돌아다 보고
돌아가는 오늘의 바다여!

비로봉毘盧峰

만상萬象을
굽어 보기란—

무릎이
오들오들 떨린다.

백화白樺
어려서 늙었다.

새가
나비가 된다.

정말 구름이
비가 된다.

옷자락이

칩다.

산협山峽의 오후午後

내 노래는 오히려
섧은 산울림.

골짜기 길에
떨어진 그림자는
너무나 슬프구나

오후의 명상은
아— 졸려.

소낙비

번개, 뇌성, 왁자지근 뚜다려
머 — ㄴ 도회지都會地에 낙뢰가 있어만 싶다.

벼룻장 엎어논 하늘로
살같은 비가 살처럼 쏟아진다.

손바닥만한 나의 정원이
마음같이 흐린 호수되기 일쑤다.

바람이 팽이처럼 돈다.
나무가 머리를 이루 잡지 못한다.

내 경건한 마음을 모셔드려
노아 때 하늘을 한 모금 마시다.

풍경風景

봄바람을 등진 초록빛 바다
쏟아질 듯 쏟아질 듯 위태롭다.

잔주름 치마폭의 두둥실거리는 물결은
오스라질 듯 한끝 경쾌롭다.

마스트 끝에 붉은 깃발이
여인의 머리칼처럼 나부낀다.

이 생생한 풍경을 앞세우며 뒤세우며
외—ㄴ하루 거닐고 싶다.

—우중충한 오월 하늘 아래로,
—바다빛 포기포기에 수놓은 언덕으로,

산울림

까치가 울어서
산울림,
아무도 못들은
산울림,

까치가 들었다,
산울림,
저 혼자 들었다,
산울림.

귀뚜라미와 나와

귀뚜라미와 나와
잔디밭에서 이야기했다.

귀뚤귀뚤
귀뚤귀뚤

아무에게도 알으켜 주지 말고
우리 둘만 알자고 약속했다.

귀뚤귀뚤
귀뚤귀뚤

귀뚜라미와 나와
달밝은 밤에 이야기했다.

햇빛·바람

손가락에 침 발라
쏘옥, 쏙, 쏙,
장에 가는 엄마 내다보려
문풍지를
쏘옥, 쏙, 쏙,

아침에 햇빛이 반짝,

손가락에 침 발라
쏘옥, 쏙, 쏙,
장에 가신 엄마 돌아오나
문풍지를
쏘옥, 쏙, 쏙,

저녁에 바람이 솔솔.

반딧불

가자 가자 가자
숲으로 가자
달조각을 주으러
숲으로 가자.

그믐밤 반딧불은
부서진 달조각,

가자 가자 가자
숲으로 가자
달조각을 주으러
숲으로 가자.

둘 다

바다도 푸르고
하늘도 푸르고

바다도 끝없고
하늘도 끝없고

바다에 돌 던지고
하늘에 침 뱉고

바다는 벙글
하늘은 잠잠.

눈

지난밤에
눈이 소오복이 왔네

지붕이랑
길이랑 밭이랑
추워한다고
덮어주는 이불인가 봐

그러기에
추운 겨울에만 나리지

참새

가을 지난 마당은 하이얀 종이
참새들이 글씨를 공부하지요.

째액째액 입으로 받아 읽으며
두 발로는 글씨를 연습하지요.

하루 종일 글씨를 공부하여도
쩍자 한 자밖에는 더 못 쓰는 걸.

봄

우리 애기는
아래 발치에서 코올코올,

고양이는
부뚜막에서 가릉가릉,

애기 바람이
나뭇가지에서 소올소올,

아저씨 햇님이
하늘 한가운데서 째앵째앵.

햇비

아씨처럼 나린다
보슬보슬 햇비
맞아 주자 다 같이
　옥수숫대처럼 크게
　닷자엿자 자라게
　햇님이 웃는다
　나 보고 웃는다.

하늘다리 놓였다
알롱알롱 무지개
노래하자 즐겁게
　동무들아 이리 오나
　다 같이 춤을 추자
　햇님이 웃는다
　즐거워 웃는다

병아리

「뾰, 뾰, 뾰
엄마 젖 좀 주」
병아리 소리.

「꺽, 꺽, 꺽,
오냐 좀 기다려」
엄마닭 소리.

좀 있다가
병아리들은
엄마 품속으로
다 들어갔지요.

조개껍질

아롱아롱 조개껍데기
울 언니 바닷가에서
주어 온 조개껍데기

여긴여긴 북쪽 나라요
조개는 귀여운 선물
장난감 조개껍데기

데굴데굴 굴리며 놀다
짝 잃은 조개껍데기
한 짝을 그리워하네

아롱아롱 조개껍데기
나처럼 그리워하네
물소리 바닷물소리.

종달새

종달새는 이른 봄날
질디진 거리의 뒷골목이
싫더라.
명랑한 봄하늘,
가벼운 두 나래를 펴서
요염한 봄노래가
좋더라,
그러나,
오늘도 구멍 뚫린 구두를 끌고,
홀렁홀렁 뒷거리 길로
고기새끼 같은 나는 헤매나니,
나래와 노래가 없음인가
가슴이 답답하구나.

코스모스

청초한 코스모스는
오직 하나인 나의 아가씨.

달빛이 싸늘히 추운 밤이면
옛 소녀가 못 견디게 그리워
코스모스 핀 정원으로 찾아간다.

코스모스는
귀또리 울음에도 수줍어지고,

코스모스 앞에 선 나는
어렸을 적처럼 부끄러워지나니,

내 마음은 코스모스의 마음이요
코스모스의 마음은 내 마음이다.

장미薔薇 병들어

장미 병들어
옮겨 놓을 이웃이 없도다.

달랑달랑 외로이
황마차幌馬車 태워 산에 보낼거나

뚜― 구슬피
화륜선火輪船 태워 대양大洋에 보낼거나

프로펠러 소리 요란히
비행기 태워 성층권에 보낼거나

이것저것
다 그만두고

자라가는 아들이 꿈을 깨기 전
이내 가슴에 묻어다오.

개

눈 위에서
개가
꽃을 그리며
뛰오.

나무

나무가 춤을 추면
　바람이 불고,
나무가 잠잠하면
　바람도 자오.

닭

　　─닭은 나래가 커도

　　　왜, 날잖나요

　　─아마 두엄 파기에

　　　홀, 잊었나 봐.

아롱아롱 비추는

빛으로

병원病院

살구나무 그늘로 얼굴을 가리고 병원 뒤뜰에 누워, 젊은 여자가 흰옷 아래로 하얀 다리를 드러내놓고 일광욕을 한다. 한나절이 기울도록 가슴을 앓는다는 이 여자를 찾아오는 이, 나비 한 마리도 없다. 슬프지도 않은 살구나무가지에는 바람조차 없다.

나도 모를 아픔을 오래 참다 처음으로 이곳에 찾아왔다. 그러나 나의 늙은 의사는 젊은이의 병을 모른다. 나한테는 병이 없다고 한다. 이 지나친 시련, 이 지나친 피로, 나는 성내서는 안 된다.

여자는 자리에서 일어나 옷깃을 여미고 화단에서 금잔화 한 포기를 따 가슴에 꽂고 병실 안으로 사라진다. 나는 그 여자의 건강이— 아니 내 건강도 속히 회복되기를 바라며 그가 누웠던 그 자리에 누워 본다.

눈감고 간다

태양을 사모하는 아이들아
별을 사랑하는 아이들아

밤이 어두웠는데
눈감고 가거라.

가진 바 씨앗을
뿌리면서 가거라.

발뿌리에 돌이 채이거든
감았던 눈을 와짝 떠라.

유언遺言

후어 — ㄴ한 방에
유언은 소리 없는 입놀림.

— 바다에 진주 캐러 갔다는 아들
해녀와 사랑을 속삭인다는 맏아들,
이 밤에사 돌아오나 내다봐라 —

평생 외롭든 아버지의 운명殞命
감기 우는 눈에 슬픔이 어린다.

외딴집에 개가 짖고
휘양찬 달이 문살에 흐르는 밤.

위 로慰勞

거미란 놈이 흉한 심보로 병원 뒤뜰 난간과 꽃밭 사이 사람 발이 잘 닿지 않는 곳에 그물을 쳐 놓았다. 옥외 요양을 받는 젊은 사나이가 누워서 치어다보기 바르게 —

나비가 한 마리 꽃밭에 날아 들다 그물에 걸리었다. 노 — 란 날개를 파득거려도 파득거려도 나비는 자꾸 감기우기만 한다. 거미가 쏜살같이 가더니 끝없는 끝없는 실을 뽑아 나비의 온몸을 감아 버린다. 사나이는 긴 한숨을 쉬었다.

나이보담 무수한 고생 끝에 때를 잃고 병을 얻은 이 사나이를 위로할 말이 — 거미줄을 헝클어 버리는 것밖에 위로의 말이 없었다.

아우의 인상화印象畵

붉은 이마에 싸늘한 달이 서리어
아우의 얼굴은 슬픈 그림이다.

발걸음을 멈추어
살그머니 애띤 손을 잡으며
"너는 자라 무엇이 되려니"
"사람이 되지"
아우의 설은 진정코 설은 대답이다.

슬며—시 잡았든 손을 놓고
아우의 얼굴을 다시 들여다본다.

싸늘한 달이 붉은 이마에 젖어
아우의 얼굴은 슬픈 그림이다.

고추밭

시들은 잎새 속에서
고 빠알간 살을 드러내 놓고,
고추는 방년芳年된 아가씬 양
땡볕에 자꾸 익어 간다.

할머니는 바구니를 들고
밭머리에서 어정거리고
손가락 너어는 아이는
할머니 뒤만 따른다.

장

이른 아침 아낙네들은 시들은 생활을
바구니 하나 가득 담아 이고……
업고 지고…… 안고 들고……
모여드오 자꾸 장에 모여드오.

가난한 생활을 골골이 벌여 놓고
밀려가고 밀려오고……
제마다 생활을 외치오…… 싸우오.

온 하루 올망졸망한 생활을
되질하고 저울질하고 자질하다가
날이 저물어 아낙네들이
쓴 생활과 바꾸어 또 이고 돌아가오.

해바라기 얼굴

누나의 얼굴은
　해바라기 얼굴
해가 금방 뜨자
　일터에 간다.

해바라기 얼굴은
　누나의 얼굴
얼굴이 숙어들어
　집으로 온다.

거짓부리

똑, 똑, 똑,
문 좀 열어 주세요
하룻밤 자고 갑시다.
　밤은 깊고 날은 추운데
　거 누굴까?
문 열어 주고 보니
검둥이의 꼬리가
거짓부리한걸.

꼬끼오, 꼬끼오,
달걀 낳았다.
간난아 어서 집어 가거라
　간난이 뛰어가 보니
　달걀은 무슨 달걀,
고놈의 암탉이

대낮에 새빨간
거짓부리한걸.

버선본

어머니
누나 쓰다버린 습자지는
두었다간 뭣에 쓰나요?

그런 줄 몰랐더니
습자지에다 내 버선 놓고
가위로 오려
버선본 만드는걸.

어머니
내가 쓰다 버린 몽당연필은
두었다간 뭣에 쓰나요?

그런 줄 몰랐더니
천 위에다 버선본 놓고

침 발라 점을 찍곤
내 버선 만드는걸.

편지

누나!
이 겨울에도
눈이 가득히 왔습니다.

흰 봉투에
눈을 한 줌 넣고
글씨도 쓰지 말고
우표도 붙이지 말고
말쑥하게 그대로
편지를 부칠까요?

누나 가신 나라엔
눈이 아니 온다기에.

무얼 먹고 사나

바닷가 사람
물고기 잡아 먹고 살고

산골엣 사람
감자 구어 먹고 살고

별나라 사람
무얼 먹고 사나.

굴뚝

산골짜기 오막살이 낮은 굴뚝엔
몽기몽기 웨인 연기 대낮에 솟나,

감자를 굽는 게지 총각애들이
깜박깜박 검은 눈이 모여 앉아서
입술에 꺼멓게 숯을 바르고
옛이야기 한 커리에 감자 하나씩.

산골짜기 오막살이 낮은 굴뚝엔
살랑살랑 솟아나네 감자 굽는 내.

빗자루

요오리 조리 베면 저고리 되고
이이렇게 베면 큰 총 되지.
　누나하고 나하고
　가위로 종이 쏠았더니
　어머니가 빗자루 들고
　누나 하나 나 하나
　엉덩이를 때렸소
　방바닥이 어지럽다고—
　아아니 아니
　고놈의 빗자루가
　방바닥 쓸기 싫으니
　그랬지 그랬어
괘씸하여 벽장 속에 감췄드니
이튿날 아침 빗자루가 없다고
어머니가 야단이지요.

기왓장 내외

비 오는 날 저녁에 기왓장 내외
잃어버린 외아들 생각나선지
꼬부라진 잔등을 어루만지며
쭈룩쭈룩 구슬피 울음 웁니다.

대궐 지붕 위에서 기왓장 내외
아름답던 옛날이 그리워선지
주름 잡힌 얼굴을 어루만지며
물끄러미 하늘만 쳐다봅니다.

식권食券

식권은 하루 세 끼를 준다.

식모는 젊은 아이들에게
한때 흰 그릇 셋을 준다.

대동강 물로 끓인 국,
평안도 쌀로 지은 밥,
조선의 매운 고추장,

식권은 우리 배를 부르게.

오줌싸개 지도

빨래줄에 걸어 논
　요에다 그린 지도
지난밤에 내 동생
　오줌 싸 그린 지도

꿈에 가본 엄마 계신
　별나라 지돈가?
돈 벌러 간 아빠 계신
　만주 땅 지돈가?

이 별 離別

눈이 오다 물이 되는 날
잿빛 하늘에 또 뿌연 내, 그리고
커다란 기관차는 빼―액― 울며,
조고만 가슴은 울렁거린다.

이별이 너무 재빠르다, 안타깝게도,
사랑하는 사람을,
일터에서 만나자 하고―
더운 손의 맛과 구슬 눈물이 마르기 전
기차는 꼬리를 산굽으로 돌렸다.

모란봉牡丹峰에서

앙당한 소나무 가지에
훈훈한 바람의 날개가 스치고,
얼음 섞인 대동강 물에
한나절 햇발이 미끄러지다.

허물어진 성터에서
철모르는 여아들이
저도 모를 이국말로
재잘대며 뜀을 뛰고

난데없는 자동차가 밉다.

곡간 谷間

산들이 두 줄로 줄달음질치고
여울이 소리쳐 목이 잦았다.
한여름의 햇님이 구름을 타고
이 골짜기를 빠르게도 건너려 한다.

산등아리에 송아지 뿔처럼
울뚝불뚝히 어린 바위가 솟고,
얼룩소의 보드라운 털이
산등성이에 퍼— 렇게 자랐다.

삼년 만에 고향에 찾아드는
산골 나그네의 발걸음이
타박타박 땅을 고눈다.
벌거숭이 두루미 다리같이……

헌신짝이 지팡이 끝에

모가지를 매달아 늘어지고,

까치가 새끼의 날발을 태우며 날 뿐,

골짝은 나그네의 마음처럼 고요하다.

그 여자女子

함께 핀 꽃에 처음 익은 능금은
먼저 떨어졌습니다.

오늘도 가을바람은 그냥 붑니다.

길가에 떨어진 붉은 능금은
지나던 손님이 집어 갔습니다.

호주머니

넣을 것 없어
걱정이던
호주머니는,

겨울만 되면
주먹 두 개 갑북갑북.

사과

붉은 사과 한 개를
아버지, 어머니,
누나, 나, 넷이서
껍질째로 송치까지
다아 나눠 먹었소.

할아버지

왜倭떡이 씁은 데도
자꾸 달다고 하오.

만돌이

만돌이가 학교에서 돌아오다가
전봇대 있는 데서
돌재기 다섯 개를 주웠습니다.

전봇대를 겨누고
돌 첫 개를 뿌렸습니다.
— 딱 —
두 개째 뿌렸습니다.
— 아뿔사 —
세 개째 뿌렸습니다.
— 딱 —
네 개째 뿌렸습니다.
— 아뿔사 —
다섯 개째 뿌렸습니다.
— 딱 —

다섯 개에 세 개……
그만하면 되었다.
내일 시험,
다섯 문제에 세 문제만 하면 —
손꼽아 구구를 하여 봐도
허양 육십 점이다.
볼 거 있나 공 차러 가자.

그 이튿날 만돌이는
꼼짝 못하고 선생님한테
흰 종이를 바쳤을까요
그렇잖으면 정말
육십 점을 맞았을까요

창구멍

바람 부는 새벽에 장터 가시는
우리 아빠 뒷자취 보고 싶어서
춤을 발려 뚫어논 작은 창구멍
아롱아롱 아침해 비치웁니다.

눈 나리는 저녁에 나무 팔러 간
우리 아빠 오시나 기다리다가
혀끝으로 뚫어논 작은 창구멍
살랑살랑 찬바람 날아듭니다.

개 2

「이 개 더럽잖니」
아―니 이웃집 덜렁 수캐가
오늘 어슬렁어슬렁 우리 집으로 오더니
우리 집 바둑이의 밑구멍에다 코를 대고
씩씩 내를 맡겠지 더러운 줄도 모르고,
보기 흉해서 막 차며 욕해 쫓았더니
꼬리를 휘휘 저으며
너희들보다 어떻겠냐 하는 상으로
뛰어 가겠지요. 나―참.

울적

처음 피워본 담배 맛은
아침까지 목 안에서 간질간질 타.

어젯밤에 하도 울적하기에
가만히 한 대 피워 보았더니.

비 ㅅ뒤

「어 ─ 얼마나 반가운 비냐」
할아버지의 즐거움.

가물 들었던 곡식 자라는 소리
할아버지 담배 빠는 소리와 같다.

비ㅅ뒤의 햇ㅅ살은
풀잎에 아름답기도 하다.

살랑살랑
슬픈 몸짓으로

십자가 十字架

쫓아오던 햇빛인데
지금 교회당 꼭대기
십자가에 걸리었습니다.

첨탑이 저렇게도 높은데
어떻게 올라갈 수 있을까요.

종소리도 들려오지 않는데
휘파람이나 불며 서성거리다가,

괴로웠던 사나이,
행복한 예수 그리스도에게
처럼
십자가가 허락된다면

모가지를 드리우고
꽃처럼 피어나는 피를
어두워가는 하늘 밑에
조용히 흘리겠습니다.

슬픈 족속族屬

흰 수건이 검은 머리를 두르고
흰 고무신이 거친 발에 걸리우다.

흰 저고리 치마가 슬픈 몸집을 가리고
흰 띠가 가는 허리를 질끈 동이다.

또 다른 고향

고향에 돌아온 날 밤에
내 백골白骨이 따라와 한 방에 누웠다.

어둔 방은 우주로 통하고
하늘에선가 소리처럼 바람이 불어온다.

어둠 속에 곱게 풍화 작용하는
백골을 들여다보며
눈물짓는 것이 내가 우는 것이냐
백골이 우는 것이냐
아름다운 혼魂이 우는 것이냐

지조 높은 개는
밤을 새워 어둠을 짖는다.

어둠을 짖는 개는
나를 쫓는 것일 게다.

가자 가자
쫓기우는 사람처럼 가자

백골 몰래
아름다운 또 다른 고향에 가자.

간肝

바닷가 햇빛 바른 바위 위에
습한 간을 펴서 말리우자,

코카서스 산중에서 도망해 온 토끼처럼
둘러리를 빙빙 돌며 간을 지키자,

내가 오래 기르던 여윈 독수리야!
와서 뜯어 먹어라, 시름없이

너는 살지고
나는 여위어야지, 그러나.

거북이야!
다시는 용궁의 유혹에 안 떨어진다.

프로메테우스 불쌍한 프로메테우스

불 도적한 죄로 목에 맷돌을 달고

끝없이 침전하는 프로메테우스.

팔복八福
— 마태복음 5장 3–12

슬퍼하는 자는 복이 있나니
슬퍼하는 자는 복이 있나니
슬퍼하는 자는 복이 있나니
슬퍼하는 자는 복이 있나니
슬퍼하는 자는 복이 있나니
슬퍼하는 자는 복이 있나니
슬퍼하는 자는 복이 있나니
슬퍼하는 자는 복이 있나니

저희가 영원히 슬플 것이오.

사랑의 전당殿堂

순順아 너는 내 전殿에 언제 들어왔던 것이냐?
내사 언제 네 전殿에 들어갔던 것이냐?

우리들의 전당은
고풍古風한 풍습이 어린 사랑의 전당

순아 암사슴처럼 수정눈을 내려감어라.
난 사자처럼 엉크린 머리를 고르련다.

우리들의 사랑은 한낱 벙어리였다.

성스런 촛대에 열熱한 불이 꺼지기 전
순아 너는 앞문으로 내 달려라.

어둠과 바람이 우리 창에 부닥치기 전

나는 영원한 사랑을 안은 채
뒷문으로 멀리 사라지련다.

이제 네게는 삼림森林속의 아늑한 호수가 있고
내게는 준험한 산맥이 있다.

한란계寒暖計

　싸늘한 대리석 기둥에 모가지를 비틀어 맨 한란계,
　문득 들여다볼 수 있는 운명運命한 오 척 육 촌의 허리
가는 수은주,
　마음은 유리관보다 맑소이다.

　혈관이 단조로워 신경질인 여론동물輿論動物,
　가끔 분수 같은 냉침을 억지로 삼키기에
　정력을 낭비합니다.

　영하로 손가락질할 수돌네 방처럼 추운 겨울보다
　해바라기 만발한 8월 교정이 이상理想 곱소이다.
　피 끓을 그날이 ―

　어제는 막 소낙비가 퍼붓더니 오늘은 좋은 날씨올시다.
　동저고리 바람에 언덕으로, 숲으로 하시구려 ―

이렇게 가만 가만 혼자서 귓속 이야기를 하였습니다.

나는 또 내가 모르는 사이에 —
나는 아마도 진실한 세기의 계절을 따라 —
하늘만 보이는 울타리 안을 뛰쳐,

역사 같은 포지션을 지켜야 봅니다.

황혼黃昏이 바다가 되어

하루도 검푸른 물결에
흐느적 잠기고…… 잠기고……

저 — 웬 검은 고기떼가
물든 바다를 날아 횡단할고.

낙엽이 된 해초海草
해초마다 슬프기도 하오.

서창西窓에 걸린 해말간 풍경화.
옷고름 너어는 고아의 설움.

이제 첫 항해하는 마음을 먹고
방바닥에 나딩구오…… 딩구오……

황혼이 바다가 되어

오늘도 수많은 배가

나와 함께 이 물결에 잠겼을 게요.

꿈은 깨어지고

잠은 눈을 떴다
그윽한 유무幽霧에서.

노래하든 종달이
도망쳐 날아나고,

지난날 봄타령하든
금잔디밭은 아니다.

탑은 무너졌다,
붉은 마음의 탑이 —

손톱으로 새긴 대리석 탑이 —
하룻저녁 폭풍에 여지없이도,

오오 황폐의 쑥밭,
눈물과 목메임이여!

꿈은 깨어졌다
탑은 무너졌다.

이런 날

사이좋은 정문의 두 돌기둥 끝에서
오색기와 태양기가 춤을 추는 날,
금을 그은 지역의 아이들이 즐거워하다.

아이들에게 하루의 건조한 학과學課로
해말간 권태가 깃들고
「모순矛盾」 두 자를 이해치 못하도록
머리가 단순하였구나.

이런 날에는
잃어버린 완고하던 형을
부르고 싶다.

산상山上

거리가 바둑판처럼 보이고,
강물이 뱀의 새끼처럼 기는
산 위에까지 왔다.
아직쯤은 사람들이
바둑돌처럼 벌여 있으리라.

한나절의 태양이
함석지붕에만 비치고,
굼벵이 걸음을 하던 기차가
정거장에 섰다가 검은 내를 토하고
또 걸음발을 탄다.

텐트 같은 하늘이 무너져
이 거리를 덮을까 궁금하면서
좀더 높은 데로 올라가고 싶다.

양지陽地쪽

저쪽으로 황토 실은 이 땅 봄바람이
호인胡人의 물레바퀴처럼 돌아 지나고

아롱진 사월 태양의 손길이
벽을 등진 설움은 가슴마다 올올이 만진다.

지도째기 놀음에 뉘 땅인 줄 모르는 애 둘이
한 뼘 손가락이 짧음을 한恨함이여

아서라! 가뜩이나 엷은 평화가
깨어질까 근심스럽다.

가슴 1

소리 없는 북,
답답하면 주먹으로
뚜드려 보오.

그래 봐도
후—
가아는 한숨보다 못하오.

가슴 3

불 꺼진 화火독을
안고 도는 겨울밤은 깊었다.

재만 남은 가슴이
문풍지 소리에 떤다.

비둘기

안아보고 싶게 귀여운
산비둘기 일곱 마리
하늘 끝까지 보일 듯이 맑은 공일날 아침에
벼를 거두어 빤빤한 논에
앞을 다투어 모이를 주우며
어려운 이야기를 주고 받으오

날씬한 두 나래로 조용한 공기를 흔들어
두 마리가 나오
집에 새끼 생각이 나는 모양이오.

남南쪽 하늘

제비는 두 나래를 가지었다.
시산한 가을날一

어머니의 젖가슴이 그리운
서리 나리는 저녁一
어린 영靈은 쪽나래의 향수를 타고
남쪽 하늘에 떠돌 뿐一

삶과 죽음

삶은 오늘도 죽음의 서곡序曲을 노래하였다.
이 노래가 언제나 끝나랴

세상 사람은—
뼈를 녹여내는 듯한 삶의 노래에
춤을 춘다
사람들은 해가 넘어가기 전
이 노래 끝의 공포를
생각할 사이가 없었다.

하늘 복판에 아로새기듯이
이 노래를 부른 자가 누구뇨

그리고 소낙비 그친 뒤같이도
이 노래를 그친 자가 누구뇨

죽고 뼈만 남은

죽음의 승리자 위인偉人들!

초 한 대

초 한 대—
내 방에 품긴 향내를 맡는다.

광명의 제단이 무너지기 전
나는 깨끗한 제물을 보았다.

염소의 갈비뼈 같은 그의 몸,
그의 생명인 심지心志까지
백옥 같은 눈물과 피를 흘려
불살려 버린다.

그리고도 책상머리에 아롱거리며
선녀처럼 촛불은 춤을 춘다.

매를 본 꿩이 도망하듯이

암흑暗黑이 창구멍으로 도망한

나의 방에 품긴

제물의 위대한 향내를 맛보노라.

비애悲哀

호젓한 세기世紀의 달을 따라
알 듯 모를 듯한 데로 거닐고저!

아닌 밤중에 튀기듯이
잠자리를 뛰쳐
끝없는 광야를 홀로 거니는
사람의 심사心思는 외로우려니

아— 이 젊은이는
피라미드처럼 슬프구나

내일은 없다
— 어린 마음이 물은

내일 내일 하기에
물었더니
밤을 자고 동틀 때
내일이라고

새날을 찾던 나는
잠을 자고 돌보니
그때는 내일이 아니라
오늘이더라

무리여! 동무여!
내일은 없나니
......

고향집
― 만주에서 부른

헌 짚신짝 끄을고
　나 여기 왜 왔노
두만강을 건너서
　쓸쓸한 이 땅에

남쪽 하늘 저 밑에
　따뜻한 내 고향
내 어머니 계신 곳
　그리운 고향집

어머니

어머니!
젖을 빨려 이 마음을 달래어주시오.
이 밤이 자꾸 서러워지나이다.

이 아이는 턱에 수염자리 잡히도록
무엇을 먹고 자랐나이까?
오늘도 흰 주먹이
입에 그대로 물려 있나이다.

어머니
부서진 납인형도 쓰러진지
벌써 오랩니다.

철비가 후줄근히 내리는 이 밤을
주먹이나 빨면서 새우리까?

어머니! 그 어진 손으로
이 울음을 달래어주시오.

하이얀 달의
움직임으로

돌아와 보는 밤

세상으로부터 돌아오듯이 이제 내 좁은 방에 돌아와 불을 끄옵니다. 불을 켜두는 것은 너무나 피로롭은 일이 옵니다. 그것은 낮의 연장延長이옵기에 ─

이제 창을 열어 공기를 바꾸어 들여야 할 텐데 밖을 가만히 내다보아야 방 안과 같이 어두워 꼭 세상 같은데 비를 맞고 오던 길이 그대로 빗속에 젖어 있사옵니다.

하루의 울분을 씻을 바 없어 가만히 눈을 감으면 마음 속으로 흐르는 소리, 이제, 사상思想이 능금처럼 저절로 익어 가옵니다.

태초太初의 아침

봄날 아침도 아니고
여름, 가을, 겨울,
그런 날 아침도 아닌 아침에

빨―간 꽃이 피어났네,
햇빛이 푸른데,

그 전날 밤에
그 전날 밤에
모든 것이 마련되었네,

사랑은 뱀과 함께
독毒은 어린 꽃과 함께

또 태초太初의 아침

하얗게 눈이 덮이었고
전신주가 잉잉 울어
하나님 말씀이 들려온다.

무슨 계시일까.

빨리
봄이 오면
죄罪를 짓고
눈이
밝아

이브가 해산解産하는 수고를 다하면

무화과 잎사귀로 부끄런 데를 가리고

나는 이마에 땀을 흘려야겠다.

새벽이 올 때까지

다들 죽어가는 사람들에게
검은 옷을 입히시오.

다들 살아가는 사람들에게
흰옷을 입히시오.

그리고 한 침대에
가지런히 잠을 재우시오.

다들 울거들랑
젖을 먹이시오.

이제 새벽이 오면
나팔소리 들려올 게외다.

무서운 시간時間

거 나를 부르는 것이 누구요,

가랑잎 이파리 푸르러 나오는 그늘인데,
나 아직 여기 호흡이 남아 있소.

한번도 손들어 보지 못한 나를
손들어 표할 하늘도 없는 나를

어디에 내 한 몸 둘 하늘이 있어
나를 부르는 것이오.

일을 마치고 내 죽는 날 아침에는
서럽지도 않은 가랑잎이 떨어질 텐데……

나를 부르지 마오.

밤

외양간 당나귀
아ー o 앙 외마디 울음 울고,

당나귀 소리에
으ー아 아 애기 소스라쳐 깨고,

등잔에 불을 다오.

아버지는 당나귀에게
짚을 한 키 담아 주고,

어머니는 애기에게
젖을 한 모금 먹이고,

밤은 다시 고요히 잠드오.

못 자는 밤

하나, 둘, 셋, 네
......
밤은
많기도 하다.

비 오는 밤

쏴― 철석! 파도 소리 문살에 부서져
잠 살포시 꿈이 흩어진다.

잠은 한낱 검은 고래떼처럼 살래어,
달랠 아무런 재주도 없다.

불을 밝혀 잠옷을 정성스레 여미는
삼경三更.
염원念願.

동경憧憬의 땅 강남에 또 홍수질 것만 싶어,
바다의 향수보다 더 호젓해진다.

달밤

흐르는 달의 흰 물결을 밀쳐
여윈 나무 그림자를 밟으며
북망산을 향한 발걸음은 무거웁고
고독을 반려伴侶한 마음은 슬프기도 하다.

누가 있어만 싶은 묘지엔 아무도 없고,
정적만이 군데군데 흰 물결에 폭 젖었다.

아침

획, 획, 획,
소꼬리가 부드러운 채찍질로
어둠을 쫓아,
캄, 캄, 어둠이 깊다깊다 밝으오.

이제 이 동리의 아침이
풀살 오른 소 엉덩이처럼 푸르오.
이 동리 콩죽 먹은 사람들이
땀물을 뿌려 이 여름을 길렀오.
잎, 잎, 풀잎마다 땀방울이 맺혔오.

구김살 없는 이 아침을
심호흡하오 또 하오.

빨래

빨래줄에 두 다리를 드리우고
흰 빨래들이 귓속 이야기하는 오후,

쨍쨍한 칠월 햇발은 고요히도
아담한 빨래에만 달린다.

황혼 黃昏

햇살은 미닫이 틈으로

길죽한 일자一字를 쓰고…… 지우고……

까마귀 떼 지붕 위로

둘, 둘, 셋, 넷, 자꾸 날아 지난다.

쑥쑥, 꿈틀꿈틀 북쪽 하늘로,

내사………

북쪽 하늘에 나래를 펴고 싶다.

우리 집에는
닭도 없단다.
다만
애기가 젖 달라 울어서
새벽이 된다.

우리 집에는
시계도 없단다.
다만
애기가 젖 달라 보채어
새벽이 된다.

가을밤

궂은비 내리는 가을밤
벌거숭이 그대로
잠자리에서 뛰쳐나와
마루에 쭈그리고 서서
아인 양 하고
�솨— 오줌을 쏘오.

가슴 2

늦은 가을 쓰르라미
숲에 세워 공포에 떨고
웃음 머금은 달 생각이
도망가오.

꺼지지 않는
전등 빛으로

간판看板없는 거리

정거장 플랫폼에
내렸을 때 아무도 없어,

다들 손님들뿐,
손님 같은 사람들뿐,

집집마다 간판이 없어
집 찾을 근심이 없어

빨갛게
파랗게
불 붙는 문자도 없이

모퉁이마다
자애로운 헌 와사등瓦斯燈

불을 켜놓고,

손목을 잡으면
다들, 어진사람들
다들, 어진사람들

봄, 여름, 가을, 겨울,
순서로 돌아들고.

흐르는 거리

으스럼이 안개가 흐른다. 거리가 흘러간다. 저 전차, 자동차, 모든 바퀴가 어디로 흘리워 가는 것일까? 정박할 아무 항구도 없이, 가련한 많은 사람들을 싣고서, 안개 속에 잠긴 거리는,

거리 모퉁이 붉은 포스트 상자를 붙잡고, 섰을라면 모든 것이 흐르는 속에 어렴풋이 빛나는 가로등, 꺼지지 않는 것은 무슨 상징일까? 사랑하는 동무 박朴이여! 그리고 김金이여! 자네들은 지금 어디 있는가? 끝없이 안개가 흐르는데,

"새로운 날 아침 우리 다시 정답게 손목을 잡어 보세" 몇 자 적어 포스트 속에 떨어트리고, 밤을 새워 기다리면 금휘장에 금단추를 삐었고 거인처럼 찬란히 나타나는 배달부, 아침과 함께 즐거운 내림來臨,

이 밤을 하염없이 안개가 흐른다.

거리에서

달밤의 거리
광풍狂風이 휘날리는
북국北國의 거리
도시의 진주眞珠
전등 밑을 헤엄치는
조그만 인어人魚 나,
달과 전등에 비쳐
한 몸에 둘셋의 그림자,
커졌다 작아졌다.

괴롬의 거리
회색빛 밤거리를
걷고 있는 이 마음
선풍旋風이 일고 있네
외로우면서도

한 갈피 두 갈피
피어나는 마음의 그림자,
푸른 공상空想이
높아졌다 낮아졌다.

겨울

처마 밑에
시래기 다래미
바삭바삭
추어요.

길바닥에
말똥 동그램이
달랑달랑
얼어요.

오후午後의 구장球場

늦은 봄기 다리던 토요일 날
오후 세시 반의 경성행 열차는
석탄 연기를 자욱이 품기고
지나가고

한 몸을 끄을기에 강하던
공이 자력磁力을 잃고
한 모금의 물이
불붙는 목을 축이기에
넉넉하다.
젊은 가슴의 피 순환이 잦고,
두 철각이 늘어진다.

검은 기차 연기와 함께
푸른 산이

아지랑이 저쪽으로
가라앉는다.

비행기

머리에 프로펠러가
연자간 풍차보다
더 — 빨리 돈다.

땅에서 오를 때보다
하늘에 높이 떠서는
빠르지 못하다
숨결이 찬 모양이야.

비행기는 —
새처럼 나래를
펄럭거리지 못한다
그리고 늘 —
소리를 지른다.
숨이 찬가 봐.

우물 속 달, 파아란 바람

초판 1쇄 인쇄 2025년 1월 6일
초판 1쇄 발행 2025년 1월 20일

지은이 윤동주
펴낸이 하인숙

기획총괄 김현종
책임편집 고나희
마케팅 김미숙
디자인 studio forb

펴낸곳 더블북
출판등록 2009년 4월 13일 제2022-000052호
주소 서울시 양천구 목동서로 77 현대월드타워 1713호
전화 02-2061-0765 **팩스** 02-2061-0766
블로그 https://blog.naver.com/doublebook
인스타그램 @doublebook_pub
포스트 post.naver.com/doublebook
페이스북 www.facebook.com/doublebook1
이메일 doublebook@naver.com

© 윤동주, 2025
ISBN 979-11-93153-50-5 (03810)